W. S. MERWIN
天狼星的阴影
The Shadow of Sirius

〔美〕W.S.默温 著
曾虹 译

著作权合同登记号　图字 01-2024-0403

THE SHADOW OF SIRIUS
Copyright © 2008，W. S. Merwin
All rights reserved

图书在版编目(CIP)数据

天狼星的阴影/(美)W.S.默温著；曾虹译.—北京：人民文学出版社，2017(2024.2重印)
(巴别塔诗典)
ISBN 978-7-02-013332-1

Ⅰ.①天… Ⅱ.①W… ②曾… Ⅲ.①诗集-美国-现代　Ⅳ.①I712.25

中国版本图书馆CIP数据核字(2017)第224271号

| 责任编辑 | 卜艳冰　何炜宏　邰莉莉 |
| 装帧设计 | 李苗苗 |

出版发行	人民文学出版社
社　　址	北京市朝内大街166号
邮　　编	100705
印　　刷	凸版艺彩(东莞)印刷有限公司
经　　销	全国新华书店等
字　　数	60千字
开　　本	889毫米×1194毫米　1/32
印　　张	5.25
插　　页	5
版　　次	2017年11月北京第1版
印　　次	2024年2月第3次印刷
书　　号	978-7-02-013332-1
定　　价	55.00元

如有印装质量问题，请与本社图书销售中心调换。电话：010-65233595

献给保拉

目录

一　_1

漂泊的笛声　_3

天黑后的蓝莓　_5

寂静的黎明　_7

林荫路　_8

音　符　_9

伴　奏　_10

未　知　_12

电车之歌　_13

起　初　_15

故事深处　_16

顶　峰　_17

孩　光　_19

空　地　_21

不　_23

钢　琴　_24

秘　密　_26

一 _2

相　似　_28
衣　服　_30
欧　洲　_33
摄影师　_35
痕　迹　_37
遗　产　_39
打碎的杯子　_41
一块石头的挽歌　_43
基梅里安人的笔记　_45
法　典　_47
无　疑　_49
青　春　_51

二　_53

倚靠黑暗　_55
呼唤一个遥远的动物　_56
没有月亮的夜晚　_58
晚　安　_59
转弯处　_60
云深处　_61

另一个安葬的梦 _63

圈 _64

小小的魂灵 _66

浪迹的追踪者 _67

梦见夸阿回归 _68

三 _71

货　船 _73

别　离 _75

麻　鹬 _76

夜　曲 _77

无名的一天 _79

认　出 _81

逃避艺术家 _83

鼹　鼠 _85

阴影之眼 _87

给露丝·斯通的一封信 _89

磨损的词语 _91

给苏东坡的一封信 _92

芭蕉的孩子 _93

赔　率　_95

长长短短　_96

未知的年代　_97

我的手　_98

桥所听见的　_99

最初的日子　_101

心　田　_103

下午长长的光　_105

洞　穴　_106

清晨的山　_107

料峭春晨　_108

邻近的田野　_109

给晚春的保拉　_110

草的青春　_111

我禽鸟馆的寂静　_112

河上筑墙之地　_114

马的天堂　_117

蝴蝶中的一只　_118

乐曲断章　_119

夜曲 II　_120

白色的音符　_121

河上田野灰鹭　_122

没有阴影 _124

琥珀的形成 _126

九月的孩子 _127

记起翅膀 _128

阴影之手 _130

路　障 _132

进入十月 _134

熄灯时分 _135

骤　雨 _136

装饰音 _137

一条山谷 _139

山上古树 _141

唯一的秋天 _143

幽光中的湖岸 _145

关于瞬间的信条 _146

雨　光 _148

仅仅如此 _149

欢笑的画眉 _150

亡灵：迟到的访问 _152

译后记 _154

漂泊的笛声

曾经向我吟唱的你此刻再次响起
让我倾听你悠扬的笛音
你共我延存至今
星辰转暗
我的思绪远过星辰却沉入遗忘
你可听见我

你还能听见我吗
你的空气是否
还记得你
啊清晨的气息
夜歌与晨歌
还陪伴着我
我无法探知的一切
从未失落

但我此刻已经懂得
不再会问你
你从哪儿学会这乐曲
它来自何处
古老的中国曾有雄狮

我倾听直到笛声停止
直到灯光再次陈旧

天黑后的蓝莓

那么这就是夜的滋味了
一颗一颗
不早不晚

我母亲曾告诉我
我是不惧黑暗的人
回望时我信了

可她如何知晓
在遥远的从前

当她父亲在她
几乎尚未记事前去世
随后她母亲
再稍后离世的是抚养
她长大的祖母

接着是她唯一的哥哥
和她的头生子
堕地便逝去
那时她就知道

寂静的黎明

似乎只有过一个

时代,它对自己

一无所知,如同飞鸟

对所穿过的空气

和将其托起的时日

虽一路穿过却一无所知

我是一个孩子,在话语形成以前

手臂在阴影中将我托起

声音在阴影中低语

我凝视一片光斑移过

绿色的地毯

在一栋楼里

光久已消失,声音

沉落,他们在那时说的每一个字

此刻都归于沉寂

而我还一直凝视着那片光斑

林荫路

穿过树林和河流
表面呈钢铁颜色
在暮春微雨的清晨
城市那些散落的摩天大厦
在我们熟知
但无法触及和言说的
寂静中闪耀
现在我是唯一能
记得当时情景的人
在那些亮于日光的年轻树叶间
另一束光穿过高大的窗口
那是阶梯般倾斜的光束
光以外回响着父亲的声音
说起眼中的一粒灰尘
像光束中的一粒灰尘

音　符

记得赤裸的灵魂如何
到达语言并即刻懂得
失落与距离，懂得

此后它不会再
以旧时的自由奔跑
一如纯真无度的光
而必须听从
一个故事如何
转化成另一个故事
必须试图讲述
它们来自何处
去向何方
仿佛他们是自身的传说
在词语之前和之外奔跑
赤裸而义无反顾

穿过问题的喧哗

伴　奏

我面前的墙一片黑暗

变成映照我双手的镜子

我看见手自行其是地

洗着自己仿佛属于

我看不见而且从未见过的一个人

他比我老

因为他了解所行之事

在明亮的金属盆上

在黑暗的墙上水面

静如夜晚的冻湖

虽然水上的波光颤动

我脚下的地板

和我的脚也在颤动

时间晚了我们出发时时间已晚

越过肩膀我母亲的声音传来

在说我们路上接下去做什么

说将我们带上远方的火车
是如何赶上的,一会儿
我将入睡,将在
遥远的地方醒来
我们正在南下
而我知道父亲
即将离世
但在他去世前我会长大
手继续自行洗着自己

未　知

如果我们能飞，会有
季节以外的数字吗
在梦中我飞向南方
所以是秋天
无数秋叶
已远远在我身下
有些落入
白昼的河流
那不可见的
回忆低语的界面
但即使在梦中什么也不说
这一次不说

电车之歌

那是夏季的

颂歌之一,我知道

甚至当所有树叶

穿过它落下

或者它停止时

寒霜匝满轨道

夏季仍然滞留在那歌声中

一路走出

视野到达河边

在山下嘶鸣

才不得不中止

自言自语,它等待着

直到重新启动

在警告的回响声中

铃声再次鸣起

我听见它来了

来自遥远的

我从未知晓的夏季

远在我看见它以前

就摇晃着头

哼着自己的歌走来

几乎尚未到达

便已离去,它的歌声

渐行渐远,直到消逝

成为那种只有沉寂后

才回响起来的声音

那些晨星的声音

那些来自寒冷山村的

女人的嗓音

在森林的边缘

越过融雪呼唤

树林绿色的心脏中

沉睡的精灵

"醒醒,时间又到了"

起　初

我以为谁在倾听呢

当我起初用铅笔

写下这些字时

那是为了我一无所知的音乐

写下的歌词

那些我一无所知的人们

会读到它们,站起歌唱

仿佛早已知道这些歌词

当他们歌唱时他们没有名字

故事深处

一个男孩走着,一群鹤
跟随他鸣叫,它们从他
身后的地平线飞来
有时他以为他可以辨认出
那些鸣叫声中的一个声音但他
不能听懂它们叫着什么
当他转头回望时他不能
在它们此起彼伏的飞翔中
区分它们,可是他继续试图
在它们的叫声中追回一丝记忆
直到他跌撞着记起从前的日子
豁然开朗而那些石路
静静躺着,每棵树立在自己叶子中
鹤已从空中飞走,那一刻
他记起他是谁
只是忘了名字

顶　峰

我们俩都知道

那是一次殊荣

我们一起

出去散步

我们从身高的差距知道

这样难得的外出

不会重来

在上学前

能与吉尔斯小姐

外出散步

她刚退休

在一辈子的教师生涯之后

她穿着秋天落叶般

的驼毛大衣

她十分美丽

散步是她的主意

我们喜欢彼此倾听

她的声音柔和自信

我们顺着喜欢的路线

第一次走着,唯恐

这是唯一的一次

虽然路线可能太远

我们仍走到底

走上悬崖直到

我们叫做顶峰的那个地方

它的公园在悬崖边上

俯瞰河流

它已成为我们的秘密

那个顶峰

我们往回走时

时间已晚

我们意识到似乎没有人

知道我们去了哪儿

即使她告诉他们

也没有人听说过那个叫顶峰的地方

那么她去的是什么地方呢

孩 光

穿过变暗的种子和棕色的赤道
我记得夏日的明亮
许久以前记不清是哪一年
白如棉絮的光浮在树叶上方
我现在知道那只是一片光斑中的灰尘
可是那时我只是一个孩子

我听见我们的脚跨过门廊
玻璃门打开
接着我们被领着穿过房子的一间间空屋
那将是我们的居所

那是我九岁前的一天
在湖边,水击船舷
在我们听说难民之前
在比利格林给我讲解性知识之前

而我看见自己的第一次裸露

在战争之前

在火车轮子在我身下隆隆滚动之前

树叶依然碧绿

在秋天的词汇之前

在"青"和"吉卜赛"到来之前①

阳光洒满厨房桌子

窗户敞开

在轰炸造成的死亡之前

在疾病衰老、大火、煤气造成的死亡之前

在折磨造成的死亡之前

在自修室的油漆刮损之前

在集中营之前

在阅读康拉德和托尔斯泰之前

在学校孩子的死亡之前

那些我认识或听说过的孩子

在眺望天黑后的树林之前

从碎裂熄灯的化学实验室窗户

向着第一批落叶的气息眺望

---

① "青"和"吉卜赛"是默温小时候养的两只狗。

空　地

我们之间只有一条狭窄的胡同

我们住在灰尘扑扑的深草旁

那个焦烤的夏日

衰老的白杨树心形的叶子笼向

秋季的尘土,那时人们在夜晚聚集

把圈环抛向空中

抛向面前的陶土坑,冬天

雪片吹积,看来房屋之间

刮过旋风

我眺望山外落日

深夜月亮驶过空地

我从飞翔之梦醒来

却无法想象那片地方

因为它独处太久,在房屋建造以前

熊曾在它们熟悉的树下栖息

而我们现在得知它已经属于

D&H 煤炭公司而他们
拿它也没什么用,只是留着
以备他们哪天需要潜入
紧急通道抢救遇难的
矿工,没有人知道
那有多深但夜深人静时
我们听见身下沉闷的撞击声
房子感觉得到玻璃在震颤
我们倾听黑暗中的铁铲声

不

在街道尽头的墓地
墓碑越过自身旋转的阴影
眺望,那些碑上的名字和日期
在明亮的日光中哭泣,它们背后的山
剪下两段生锈的铁轨,在生锈的黑色
铁门下,在纯粹的黑暗中延伸向上
而那纯粹黑暗连续不断的声音
在一切事物下回响着
在一切呼吸声中屏住呼吸
不,它们说那不是进入地下世界
或类似世界的入口
事实上所有沿街的房子
都被从那儿来的人买下
在那些画面的底片的日子里

钢 琴

它一定是从某一个前世
延存至今
那时它的年纪说起来无关紧要
无人察觉它从来如此古老
那是我从它依然如故的琴音中领会到的
琴音来自琴键下纤细的沟谷
它们从未被探索,也不期待被注目

每一沟谷惊醒一种不同的回响
自钢琴和它上方的琴壁
之间狭窄颤动的阴影
琴壁贴上画纸一片无风的麦地
看不见地平线,散发墙和夜晚的气息

在音符的涌现中我母亲的手
停在我的手和琴键之上

等待翻开车尔尼练习曲
等到曲子从她的手

消散殆尽一缕杏仁的清香浮起
那是她无论做什么事以后都要抹上的
伴随琴音延存到另一个世纪

不久前几寸珠状线脚
从谱架后板掉落
躺在琴脚等待被放回

母亲的手准确地记得琴音,屏息凝听
她手背上的血脉是
早晨的晴空即将荫翳的颜色

秘 密

时间,隐形的时间我们持续的虚构
然而我们却说它避开我们至深的希望和理性

那是故事的纯粹条件
无论我们父母来自哪里那都是另一个世纪

一个他们自己都记忆模糊的年代
却如己出般携带,年复一年

收藏,无暇眷顾,直到那秘密
在无知无觉中细节褪尽泛白

对我母亲来说它来自那遮住
婴儿车的绣边面纱,被她

推着穿过"神的花园"①,那时她父母仍
健在,她后来说

对我父亲那是一束漂白河面的强光
他坐在炫目的白光中

夏日游船系在河岸线上
他被允许执桨,想象

远航,当他过了夏至前的那个午夜
奄奄一息时他能眺望得更远吗

他咳嗽着说他不怕而那面纱还在那里
在那同一年的一个傍晚母亲从她的花园归来

在电话上告诉一个朋友她现在
要休息了,她的眼镜躺在

她旁边的地板上,不到一个小时后
一个邻居推开门,发现了她

---

① 地质公园,位于美国科罗拉多州。

相　似

快到你的生日了，我
在那个房子里独自穿衣
一颗纽扣掉了，我找到
一枚针眼足够大的针
就吃力地穿上线
终于把那颗纽扣钉上
我打开一张你的旧照片
做这样的针线活你总是犹如玩魔法
那是你死后找到的一张照片
二十岁的你
有一种我从来不可能见到
的美丽
因为那是我出生前
九年照的
但是照片
突然褪色了

霉点遮住了它

或许无法修补

那样子是我唯一记得的

衣 服

信仰来自
遮蔽之后
谁能相信
我们出生时并无遮蔽
他她或它以第一口气
从那倒置原生的
赤裸影像
哭出声音时
已不再是
原初

直到生命的最后日子
和那以后的一段日子
我们
确切的躯体
不止是遮蔽它的东西

但仅仅出于习惯

被遮蔽着

这习惯是

命名衣物的一个词

出于习俗

也是"服饰"这个旧词①

的变形

出于体面

其原意也是衣服合身

显然我们相信

话语

通过话语

我们渴望

那看不见

无法触及

用色彩和尺寸

所遮蔽的

我们渴求

那无疑而又可疑

---

① "习俗"的英文是 custom,"服饰"的英文是 costume。

的差异

我们的衣料

诉说着差异

我们以差异装束

称它为自己

欧 洲

不知多少天后传言
你明天
将会看见那你自小
只是听说过
却无法理解的土地而我几乎无法忆起
的那个夜晚
我躺着仰望透过
海洋铁一般的悸动
努力想记起
那个我心目中的样子
在晨光中
从货船的船头
我知道如今早已消失
浪花翻滚了几十年
我辨认出面对我们的
地平线上的阴影

那是西班牙海岸
我们走近时另一个
低矮的轮廓在它面前驶过
像日钟上的时针
我认出那是一艘战船
那是我儿时
造过的一具船的模型
在战船远方
是一条自陡壁而下的山路
那是我几年后将走下的路
我认出了它
那是我们曾经相聚的地方
曾经一时

摄影师

那天晚些时分
他去世后那装满阴影的棺材拐过街角
或许他不再注视
光的运作
白炽的光渐渐升高
漂白街道,使深景干枯
成为一片茫然的平面

当他们开始腾空屋顶下
的阁楼,他一生的囤积
被拽出拖入这个生疏的时刻
抬下楼梯
一捆一捆地搬进等待的垃圾车
混同那些陈旧的床单
厨房杂碎,几卷纸
和几叠沉重容易滑落碎裂的

玻璃盘子,之后人们才踩着满地板
的杂碎去骡车
顺着他们记得的
路线走下楼梯

幸好有人懂得
玻璃上的展品因而买下了摄影室的一切
几乎无字,然而在玻璃上
他们一张张脸仰望
朝向无人见过的光线中
曲径通幽的鹅卵石小径
苹果花在另一个世纪开放
往昔屋墙前迎光开放的百合花
战前磨损的石阶
在那个时代无人见过,除了那个刚刚消逝
隐在风帽下的
弯曲的身影

痕　迹

纸页发暗

边缘粗糙，因使用多年

留下某人旅程唯一

时刻的印记

那人当然是我

现在无声无息了

声音曾来自那片

孤独存在的土地

所有枝叶

和犬吠在远处

不被注意

以及那时书中的静寂

现在机器所做的

是挤走那个世界

跨过花园脚下

的溪床
什么能延存至今当我们
跻身于那些遗忘者之列走下去
我们能记起什么
眼睛视而不见
往往我们身在起初时
并不自觉其中的快乐
即使不快时
隔着那么远的距离
我们又如何知悉

遗　产

在我肘边的桌上
它敞开着，就像我父亲
去世后这三十年中的大部分时光
自从它传到我手中
这本韦伯斯特
新世界英语词典
一九二二年版
印在印度纸上
我从不被允许触摸
以免我会撕破或者无意中
损坏它纤细的纸张
装订得沉重
湿润沙土的颜色
荡漾着细密的波纹
出版时父亲二十六岁
刚结婚四年

他是一个乡村牧师

住在一个只有一家店铺的小镇,我想象

一天一个人来到他门前

以一口价兜售这本新词典

它像圣经一样,印在上等的纸页上

似乎拥有它就代表一种显赫

一种他无法道明的肯定

现在它封面残破,似乎

曾被携带经历各种旅程

翻山越岭,穿越沙漠

而实际上它一直就在我身边

却边缘磨损

松散蛀蚀

饱经岁月沧桑

我知道我一定

比他用得更频繁但是总是

小心翼翼,满怀珍惜

耐心地翻动纸页

寻求意义

打碎的杯子

金色的边缘随处剥落

它下面的金色圈纹
两个多世纪后碎裂
圈纹下面的九面体向内收拢
突然碎裂成一种新的光彩
像光一样不可收回
它们收拢聚合的根茎
经由一个六面体流下
依然完好
而它们奔赴的底座
像瀑布下冻结的溪水
没注意到也没听到
只有当杯子盛满那么多
日日夜夜后碎裂
我才在碎片中清晰地看到那一整朵花

一直长在那里的亭亭玉立的金色鸢尾花
比我以为的还要久远

挣出金色的地面

一块石头的挽歌

在海湾我发现了你面对西边
寒空下斜长的夕照

传说中在那里科伦巴①曾回望
直到看不见爱尔兰

因此他待在那里下定决心
在那卵石岸的茫茫海边

呈扇形,围绕独一无二的
绿色卵石形成宽阔的月牙

卵石的蓝色深处撒着红点

---

① 即指圣徒科伦巴(St. Columba,521—597),为向英格兰传播基督教起了关键作用。

像水一样荡漾，磨光

彼此间荡漾
像在他脚下荡漾，据说

那是不会淹死的证明，我看见你
有鸟儿心脏般狭长的形状

当我把你放在手心时我们飞度
岁月，听见它在我们下面洗刷

你现已飞到何处，留我独自倾听
那岁月之声，你不在我手中

基梅里安人的笔记

它到我们手中时
我们无法理解
只能当作问题,否则它让
我们自己成为
不得不问
的问题
首先
那是真的吗,那就是说
它是地道的吗
它并非是从我们
中的人而来,如果是
我们怎么知道真假呢
它从我们指南针的
哪一瓣,从绕轨道运行的语句的
哪段岁月而来
"在我们之前"正如我们

以现在运用的语言叫它

它为谁写下

又是对谁诉说的呢,它现在或稍后开口

以另一个意思,还是

本身就是一个问题

或问题之背面,从我们的视角来看

是走近还是消隐

我们要相信他们存在

那真是古老的身影

据说没有人在白天见过

基梅里安人住在彻底的黑暗中

或许住在

黑暗的另一面

法　典

那是一本被放弃的老书
句子一次又一次丢失

最终光秃秃，语句看似透明
呈现那一直保存的意义

当白昼终于敞开躺在桌上
才有日光的诗歌

没有注解或强调
就像音节消失后仅存声音

澄清等待的全部语法
没有从空气中取走一个问题

或者结束故事，虽然一盏盏灯

那时开始上下亮起

当斜长的暮光加深寂静
色调变幻,从宝石蓝到蛋白石到雅典娜的紫色

直到阴影覆盖灰色的纸页
覆盖彗星般的文字和书的存在

此后无言
然而那是夜,无一不晓

无　疑

那么它是什么呢

肯特说他能在

李尔王的面容中看见

他叫它权威

赋予其名

虽然它被听见或看见时

已被认出

无论来自死去动物

瞳孔的凝视

还是阻塞道路

当刹车失灵

无论不可逆转

地存在医生的音节中

还是头条新闻或小字

印刷或等待的信中

或从镜面浮现

它在那里

无动于衷，无言以对

它在呼吸的声音中

在话语中

在鸟儿或人的呼唤中

它在瞬时的痛楚

中燃烧

闪现色彩

穿过水的

思绪，在

暗哑的触摸中

在唯一的光亮中

在夜幕降临的节拍中

青　春

在所有的青春中我寻找你
不知道我寻找的是什么

不知道你叫什么甚至不知道
我在寻找，那么怎么能说我

那时见到你时认识了你
一次次你出现在我脑海

像从前那样裸露完整地
奉献你自己，让我

呼吸你，触摸你，品尝你，个比
从前更了解你，只有当我

开始感到失落时我才

认识你，当你已经成为我心目中的

一半记忆一半距离时
我才学会思念你

从我们所不能拥有的
诞生了星辰

纪念慕库、玛卡纳、夸阿①

---

① 这是默温夫妇在夏威夷茂伊岛养过的三只爱犬。

倚靠黑暗

时候到了,我跟随那条黑狗
进入黑暗,黑暗是白天的脑海

我一无所见,除了那条黑狗
我知道它走在我前面

不用回头,哦是那条黑狗
我多年后已学会信赖它

也得到它完全的信赖
穿过一段明亮的岁月穿过阴影

走入那只目盲的黑狗
已熟知的黑暗房间

我无所畏惧,那只黑狗
领着我谨慎地走上盲目的阶梯

呼唤一个遥远的动物

又一次这个音符
来自一线渴望

猛然从两头收紧
绷住,等待弹拨

从一曲鸟鸣中扯出的音调
虽然那只鸟

现在可能
无法被一声呼唤

追随
同样的音符继续呼唤

穿越空间,此刻被听见

在古老的夜晚,知道在那儿

一种寂静
被它呼唤的寂静认出

没有月亮的夜晚

此刻你无法想象地一片漆黑
我所到抵达的并非智慧

连同它的否定和单纯的允诺
而是我无法记录的缺席

当无所倾听时我仍在倾听
探入那里的目盲

想象着在黑暗中结伴同行

晚　安

悄然入梦我的旧爱
我黑暗中的美人
夜晚是我们的一个梦
如你所知如你所知

夜是你熟知的一个梦
是黑暗中的旧爱
它随着你的步履移动
无穷无尽如你所知

在你走去的夜晚
悄然入睡我的旧爱
在无穷无尽的黑夜
被你熟知的爱环绕

转弯处

我寻找你,我弯曲的睡眠
我的呼吸鼓荡夜的海岸
我的星辰藏于晨雾
我想你总是能找到我

我悄声呼唤你
我透过时日向你低语
唤你所有的名字,我的阴影之耳
我想你总是能听见我

我等候我们相约的那一天
再一次属于我的时间回家的时间
我会在你等我的地方
我时时刻刻想着你的等待

云深处

此时你带着什么呢
我小小的漫游者
骤然远行
瞬时渺茫

迈着与你漂游生涯
不相称的
孱弱的腿,气喘吁吁
想跟上

做我永久的陪伴
当你赶上我
你贴近我
直到白日将尽

哦贴紧我的呼吸

如果你能够

稍等一会儿

在云的那一端

另一个安葬的梦

有时它是一个筑墙的花园
入口砌石
破碎,其中几株
安静枯干的杂草,或许
是一长方静谧的水池
无色清澈
灰石
环绕,曾在那里
一幅山水画
一个撕破的地方补得不完善
露出下面的黑暗
但我依然没有写下什么
而是转身离开
走进完整的世界

圈

此刻
我们所知的地球

是这个黑暗穹隆的唯一居所
上面有生命,它是细密面纱上的伤口

低语的面纱摸索着零乱的波浪
缺席的波浪不断闪跃

交缠的希望与绝望
在无知中流浪如同我们

我们寻找失落的
时而触及地球时而

远离轨道和网

以及知识的静电,微语持续

无法辨认它们的
听众是过去还是未来

无法知道它们是在哪里
听到这些生者对死者说的话

小小的魂灵 ①

译哈德良

小小的魂灵,小小的迷途者

小小的漂游者

现在你停留何方

那么苍白那么孤寂

你曾经那样

妙趣横生

---

① 参看《亡灵:迟到的访问》。——原注

浪迹的追踪者

一只白色的燕鸥驶过
傍晚的天空鸣叫着
在几朵夕阳初照的
高高的云朵下
海潮奔涌
奔涌至南方
整整一天,你已离开了六个月
之后燕鸥也飞走了
只剩下白云
和晚潮的轰鸣

梦见夸阿回归

坐在我熟悉的

木屋阶梯上

带阳台，地板漆成灰色

我眺望河流

流过那些大树

猛然间你

就在我身后

卧着注视我

像许多年前一样

悄然不动

我想慢慢向后倾身

想触摸

你琥珀色的长毛

然而我们都一动不动

倾听河流

我怀疑那是

一个梦

你是一个梦

我们都是一个梦

在那梦中我们都一动不动

三

货　船

傍晚时分

图画从墙上启航

他们的灯灭了

没有犹豫没有星光它们起锚

它们不提问题

隐形地启航

自始至终

乘着翅膀和翅膀

它们飞向远方

每张定格在瞬间的面庞

位于其他时刻的风景以外

桌子堆满水果

新摘的，还有一动不动

聚集一处的动物

沉浸在它们曾经生命雀跃时的光线中

它们在夜之声中启航

承载它们从黎明到夜晚

一直努力想要

呈现的生命

别　离

只有人类相信
告别有一个词
每一种语言中都有一个
属于我们最早学会的一批词
它来自问候语
但他们要远离
举手挥别
告别面孔、人和地点
告别动物和白天
把那个词落在身后
把那个词的意义落在身后

麻 鹬

月亮飞走时我独自飞翔
飞入我从未到达的这个夜晚

在黑暗的蛋壳的前后
在夜的高度我比所到所见的

一切更古老更年轻
我原封不动地携带它们穿过寒冷

夜　曲

星星一颗颗

出现，归入

新近命名的名字

遥远的另一重

黑暗中无人记得

那时的观望命名者

他们自己的名字

后来已被遗忘于黑暗

夜深了

别的发光体开始

在它们周围显现

好像它们从同一深度的年代

同时闪现

虽然它们彼此之间

哪怕是最邻近的星星之间

的跨度

也包含了地球倏忽即逝的全部年纪
它们在并非自身的
光中旋转
携带其生命的
全部历程
出生只是为了短暂思索
辨认和悲伤
从一个细胞演化
到记住日光
笑声和远处的音乐

无名的一天

那么不是今天

会是这里吗

这一次的词语

它的名字它的年纪

今天完整无缺

除了表述它的那个词

清晨也是

美得只能成其自身

过于短暂无从等待

在它透明的通道后面

另一种

似乎凝滞的光

允溢地平线

在那儿那个词

等待着

如同一个这个季节无法见到的

野生动物

不被任何人窥见

它正在注视

认　出

故事抵达我们如同全新的知觉

一朵波浪与一棵白蜡树是姐妹
她们自童年分离
但依然彼此信赖
虽然她们都相信是对方走失了
她们珍惜她们自认是家传的共同属性
波浪的闪亮
如同夏风中白蜡树叶的背面
而白蜡树的枝条
让人想起微风轻拂的波浪
她们每天相互通信
却不知道把信寄往何处
有的信现在才被发现
她们用古老而熟悉的语言

揭示一个我们无法想象

但一直想要相信的世界观

逃避艺术家

当他们放好笼子

预备实验

他们早就知道

没有奇迹

任何时候的狐狸

无论按单匹或种类选

无论毛色地域性别

无论野生

还是捕获后多代驯养

还是为了某种档次的毛皮

或遗传特征

或为了某个远方

爱打听的亲友

活在潜伏和希望中

衣裳尚存，哀悼不止

但毕竟也是

奇迹,然而来自何处

专家考察这一

无言的后代

的无数幻象

显灵故事

在讲述中消亡

这个魔法师的传人

会表演日渐失传的节目

现在成群关在笼中,奇迹

在清晰的视野里失落

鼹 鼠

这又是一个
生命,我们只能从外观看
从外

不是从它自身而是后来
它消失的迹象
提醒我们
在春光中

它是在我们不注意时出现的
离我们如此之近
好像我们不在那儿
从未被注意

看我们走过的地方
大地再次升起

自其黑暗深处

那里已被感知

不是通过视觉

而是通过触觉知晓

被那盲目的的天鹅绒般的手指识别

灵巧的爪

根与水的后代

我们仅仅在死亡和图画中

曾经见过它们

后来它们从黑暗中被打开

但是在这里大地

被触摸举起

眼睛没有看到它的来临

耳朵没有听到

那著名的皮毛

无需我们,就在黑暗中

瞬间找到它的路径

阴影之眼

另一端的哨兵
可能在不知不觉中
就看到了起初
那怒放的光亮
衣衫破烂的乞丐
在下方的暗门槛
一个等待的阴影

在适合的时候
他从破烂衣衫中站起
宣布对那围绕他消失的
未来他执有的
主权
天空以完整的预言
转动

哦拉长的黑暗影像

掠过面孔

掠过颜色、山岭

和可知的一切

或看起来可知的一切

无声的预兆

无言的告别

时间和知识以外的向导

哦耐心

无以复加的耐心

我触摸到白天

我品尝到光

我记得

给露丝·斯通[①]的一封信

既然你已经看到

黑暗的另一边

隐而不现的一边

你就可以分辨

它在上升

清晨的第一个存在

你知道它在那里

整整一天

另一片天空

清晰却隐而不现

渐渐浮现

在你的词语中

---

① 露丝·斯通（Ruth Stone，1915—2011），美国诗人，著有《黑暗中》等多部诗集。

另一种光在加强
从阴影中溢出
你可以听见

现在你能够
看到我所有文字以外的
这些树叶的颜色
那是你从未见过的
在寂静之谷上醒来
在零碎的时刻
月光之下
满月后的三个夜晚

你知道那种颜色永远
无法命名

磨损的词语

最后写的诗是
我现在最先返回的诗
跟随那一直
召唤我的希望
那希望在字里行间等待
几乎昭然若现

最后写的诗
由词语构成
那些词经过漫长路程
才到达所在

给苏东坡的一封信

几乎在一千年以后
我仍然问着同样的问题
你一直返回的问题,好像
什么也没改变
只是它们的回响更深沉
那是你未老而感觉垂暮时获得的知识
对你的那些问题
今天我也不比你那时懂得更多
夜晚我坐在寂静之谷上
想着河上的你
在水鸟梦中的
一片银月下,我听见了
你提问以后的寂静
那些问题今夜多老

芭蕉①的孩子

在富士川边

有一个迷途的孩子在哭泣

她已经死了三百年

谁知道是不是更长

自从那个秋天的夜晚

他妈妈抱着她

来到水边,想让水的喧嚣

淹没她的哭声

然后她走回寂静

孩子哭了一晚

哭到霜冻的黎明

男人们找到她

像影子般站立在她面前

他们的手相互交谈,直到一个人

---

① 即松尾芭蕉(1644—1694),日本江户时期俳句诗人。

弯身把一些东西放在
她旁边的叶子上
然后他们都走了
她的哭声
跟随着他们，跟随着
他要写的关于她的词句
无论词句去哪里

赔　率

在北方居住多年后
他在那个城市的第一个冬天一个朋友
写信告诉我那儿的人
是怎么对付严寒的
他说一队人
整天在小巷的角落
挖掘
人们用一个有洞的油罐
燃火
在路旁，用一切到手之物
维持那火，他看着
罐子边的两个人，只有三只
手套，他们把其中一只传来传去
同时跺着脚
他试图分辨
那是一只右手还是左手手套

长长短短

只要我们能相信任何事物
我们就会相信量度
我们呼吸的第一口气就是在测量
还有我们发出的第一个声音
量度在我们学会的每一个词中
和每一个词的意义中
它不断重返，当它
来到时，它在"三餐"中，在"月亮"中
在"意义"中，它就是意义
它是天宇，是田地
尽头转弯的犁沟
诗歌以它的呼吸转动
记忆不断以它告诉我们
关于我们的一些老故事

未知的年代

尽管它具有并显示一切特征
年代似乎从不实在

无论清晨还是夜晚只是空气的一瞬
握在手中像一只受惊的鸟

而我站着回忆树间的光
在另一个世纪,久已沉没的大陆

无法知道那时的树叶
在触摸白天时是否触摸到记忆

无法知道不复再现的
池面上的倒影去了哪里

鸟儿静卧,光在飞翔

我的手

看往昔并未结束

它就在此时此刻

一直醒着

从未等待

它是我的手但非我手中之物

它不是我的手但在我手中

它是我的记忆

但从不一样

没有别人记住它

它是消逝如烟的一栋房子

一条砖路上轮胎的碾压声

一间消逝的卧室里的清凉的光

金黄鹂的闪逝

它是此生与来世之间

一个孩子凝望的一条河

桥所听见的

即使我们能找到
准确的词,我们所讲述的
词永不知晓
"celestia"是星光
还是"starlight"是星光
因此此刻一定有文字
在星云中的某处
使两座桥横跨宽广的
卵石散布的河流
在弯曲处分岔
在冬日的阳光里
半个世纪前下午的流水声
在它们下面漫过
在它们之间流淌,亘古不变
悄无声息,它还在那里
所以在那个冬日下午

的晚阳里
虽然冬季消逝
桥还试图横跨
那儿的宽广声音

最初的日子

由于我来自一个
我看见在我身后关闭的大陆
像一个失落的元素
日复一日,许久后我才相信
我真正离开了它

在这里呈现的是我记忆
长长的逆光
在这另一个世界里
被天亮时分无所不知的幻觉
的面纱笼罩
当所有的梦瞬间消隐
成阴影,在它们之处只留下熟悉的
曾经熟悉的风景

它们的路通向南方

屋顶从它们自身的轨道
呈现,像季节呈现的
准确次序
田野翠绿或柠黄
田野之外,参差的
山丘斜坡上有红色的乳牛
和云朵般移动的绵羊

傍晚的门前
一个陈旧的动词在锁中转动
当门再次隐入黑暗
的寂静时,清凉石头的芳香
那寂静既不回答也不忘记
还有一种不变的惊诧
从未被驯服或命名
未被执于手中
未被全然洞见
但它依然如故
那是听闻以前的一个视像
梦中逃逸的天赋
清澈深透,其间我瞥见
遥不可及的清晰的往日
那往日铸造了我

心　田

起初它就属于距离
就像山岭的蓝色属于距离

虽然它在地图的某处存在过
可能被偶然发现
甚至在某些难得的时分
可能被认出

它在当时可知的一切以外
延存下来
在它古老
未被教授的语言中
它把蜜蜂引向迷迭香

它被发现多年后
它的名字仍然

不为人知

然而它还在那里
像一个变换的季节
但是出现在无言的

清晨之光中

下午长长的光

在山脚沉睡中书写的小路
曾几何时,我以为你与光中
转深的铜色一起失落
羞怯的青苔转向自身,承载着
自身的明亮,在獾的道路上方
一只孤单的乌鸦无声地向西疾行
我们不加思索地相信
我们曾见过的会永远
如故,相信我们所知的
是仅仅属于我们的一瞬间,会停留
相信即使时光流逝
就像伸长的阴影融入山谷
第一颗星点亮窗户
我们曾见过的会秘密到来

洞 穴

石头的屋子掘入山岭的眉头
它的角落是一块玫瑰灰的活岩石
覆盖地下世界的黑暗厅堂
南墙上绿色鬃毛的水獭
白色的粉墙剥落成时间的地图
朝北的竖铰链窗面对
小小田野的锦被，远远的下方
河流蜿蜒而过，在东面
山坡，古老的火炉口
黑黝黝像日出和月出的背面
烧柴炉子的黑色尖拱与它涡卷形
铁叶子、爱神以及彩虹
我历经岁月重返此景
石头的空穴在自身的寂静中加密
无需倾听我就能听见

清晨的山

那些现已离去的人

不断漫游经过我们的文字

纸的声音跟踪他们

在无言的远方

我重新在老房子里醒来

在那儿我有时相信

我在等待自己

很多年过去了

带走了青春的形象

以众多的理由,那些蓝色的山岭

我以为谁消失了呢

那些时光不在此处也不在彼处

我的狗等待

被认识

料峭春晨

时而,似乎
第一次来这里的我是一个旧的自我
我在沉默的墙中认出他
在远远下方的河流中
但那一个自我没有年纪
我那时就知道并且一直知道
他早于我记忆开始的年纪
就像天空没有天空
除了这个五月的白色早晨
大雾遮蔽空寂无人
的谷仓,遮蔽苔藓覆盖
的扭曲的核桃树枝干和斜坡上
展开的青青牧草
我熟知他们所在
和隐藏在自身鸣叫中的鸟儿
在料峭的清晨
我并非出生此地,我来去倏忽

邻近的田野

那晚春犁耕后尚未播种的土地

它并非新生而隐蔽

死与生尚未分离

它们都一脚涉足未知

无法为彼此代言

田野无法讲述它翻转的故事

它躺在低沉的云朵下如一条等待的河

死者从他们的饥饿中造出这个田野

从他们被告知的事物中

从苦痛和阴影中

从动物的肠子中

从转身和

回返歌唱

另一时间中

给晚春的保拉

让我想象我们会再来
在我们想的时候,那会是春天
我们不比往昔任何时候衰迈
那些磨蚀的悲伤会像朝霞一样松缓
清晨透过它重归自身
连同对死亡古老的抗拒
也会自行解散,终于留给死者
花园中的光会一如此刻
我们多年来栽培的花园
悠长的黄昏和惊诧

草的青春

昨天在寂静的白色日光中
沿河草坪
穿过所有的明亮时日,他们割的
今年的第一批干草抛成一排排
伸向暮色和漫长的傍晚
地平线上雷霆轰鸣
整个山谷和周围的斜坡
俯视河中的天空
夜晚来临,干草芬芳
猫头鹰啼叫,响彻新的空间
朝向陡然怀念天空的田鼠
就这样今春的青春骤然结束
它再次降临我们
再次出其不意地侵袭我们正当我们开始
以为那些田野会万古长青

我禽鸟馆的寂静

蝙蝠多年来已不在
塔楼墙壁的缝隙间盛放
春季长长的暮光
渗透那些缝隙
当西边的光带回
分离的颜色
蝙蝠带绒毛的花苞没有悬挂在那儿
在它们深色的花瓣间醒来
在盲目的驶出自身的回声前
那高亢准确的尾声
只有它们自己能
完全听见和驾驭
在那一时刻承继
自黎明起掠进花园的
燕子的歌声
那歌声也来自它们檐下的窝巢
掠过房屋和山坡的草坪

它们的鸣叫在高昂的语言中闪光

谁知道它们已失踪多久

知更鸟已飞离谷仓

奶牛在那儿度过夏天

尽管停留得久,奶牛先离去

五种山雀群还没回来

蓝冠山雀的窝

在墙里,能听见

窗外石缝里的幼鸟

"这儿!这儿!"地叫,它没回来

窝边石头上还留着爪印

不知道

正失去的是什么

这个五月没有再听见

杜鹃鸟的啼鸣

多年来没有再听见欧洲夜鹰

椋鸟、欧歌鸫、白喉林莺

黑顶林莺,那歌声曾启悟了门德尔松

我曾看见它们

我曾站立倾听

我曾年轻

它们歌唱的是青春

它们不知道在为我们歌唱

河上筑墙之地

我曾见过比这更小的土地
被那些老人仍以人力
犁耕收割
他们深入小路爬上高地
这些地方已遭遗忘
连名字也湮没

也有比这更大的房间
那些我访过的房子
发现自己
时而充满声音时而空寂
但不同于这里的空寂

在都柏林一片筑墙内

土地覆盖霍普金斯的残骨 ①
在那些耶稣会兄弟间
那片地大小与此类似
多年前我思索那或许
是我的尸骨长眠之处

在那边东北角
橡树下远处
整条山谷正午蔚蓝
金黄鹂的歌声,多年缺席后
再次从树林往东滚过
三只橘黄黑纹的蝴蝶
滑过青草白炙的光
那儿是我知道的唯一坟墓

被母亲抛弃
的小驴被抬回谷仓
它滚进这里
的荆棘,露出冷却的鼻子

---

① 霍普金斯(Gerard Manley Hopkins,1844—1889),英国诗人,耶稣会士,在写作技巧上的探索影响了 W.H. 奥登、迪伦·托马斯等诗人。

整整一周它曾跟随我们
跟随暖瓶
这是不可知的土地

我不知道为什么这片地被围起来
它面向北方被挖出
对着远处的河流
压成平台的样子
不知道为什么筑了这些墙
一块块石头垒成方形
留出两条窄径
一条面向谷仓，一条面向下面那片地
也不知道谁修了它，多久前修的

可是自从年幼时
我就倾听它，它的声音从未改变
虽然树叶变了季节变了
一些渴望变了
早晨已尽，一缕柔风拂动树枝
过几天夏日将至

马的天堂

栅栏全新,门也如此
同样纤细蓝色的电线还在那里
仅仅提醒它们身在家中
在树林下面的长草坪上
灰色拔高的马儿都是苗条的母马
在我面前像云一样轻柔地移动
好奇地凑近我没有谁
能记得我,我告诉自己
它们都是我上次离开此地后
出生的,一些幼马
越过它们肩膀凝望我,不肯贸然接近
但一些老马
微微起伏着靠近我
互相簇拥,望着我
仿佛与我似曾相识

蝴蝶中的一只

愉悦的问题是时机
它会毫无预感地突然攫住我
而在我意识到它的存在前蓦然消失
它可以面对我而不被认出
当我的记忆停留在别处
在另一个年代或者多年未见
也不会再见的
世间某人似乎我只珍惜
一种不自觉的快乐
身在其中,却又遥不可及
无法捕获或命名
无法回应,如果我试图挽留它
它就会化作伤痛

乐曲断章

一个老人哼着一些他以为忘却的歌
的同样几个音符
在一个过去的时光里,他知道
语言中没有一个词叫生命
如果他们想说眼睛或者心
他们会举起一片叶子他记得
那棵干旱土地长出的大树
鸟儿声音中含水的感觉
那里有他们惧怕黑暗的所有颜色
当他坐在那里哼唱,他记得
一些此刻返回的词
他微笑着听它们往来倏忽

夜曲 II

八月在黑暗中到来

我们甚至尚未入眠,它就来临
被一袭风雨领路
为何会突然姗姗来迟
某处流星群坠落
速度迅猛
如果我们相信
它可以将我们活活焚烧
在雨后的静寂中
悄无声息,除了坠落的雨滴
一滴滴从树叶末端
落向夜晚,我躺在黑暗中
倾听我的记忆
而夜晚携带我们同返自身

白色的音符

今年秋季早至
八月的最后一个清晨
雾气充溢山谷,遮蔽
最后的玫瑰和漂浮于光中的
湿叶气息
满月后的一天
是远离的日子
迁徙的鸟群
像挂在树间的成缕羊毛
它们在村庄以西等待
旅途和它们自身惯性的
讯息,雾散时
它们已杳无踪迹,夏日
与它们同时消隐
树叶为了保存阳光
已开始汲取
日光的颜色

河上田野灰鹭

既然夜开始长于昼
我们站在黎明后的静止光线中

站在秋天的深草中,草在
夏日炙烤后静守沉寂,再次转绿

我们静驻凝滞
彼此保持完美的距离

像我们自身的阴影生出的阴影
每只眼毫不转动,却继续目睹

动静
每个人变成七个中的一个

我们从打开的云里已行驶漫漫航程

记得降临世界的所有夜晚

树叶漂浮的清澈浅溪
寂静田野的露珠和唯一的清晨

没有阴影

对狗的哀伤和对咖啡的热爱
像我的阴影一样延长

现在我的眼睛不再
对眺望的景象置信不疑

透过今秋的云光
看见我最初来的山谷

我半生以前
哦大半生以前的河流

映照手掌形的天空
从来既非已知也非未知

从来既非属于我,也非不属于我

在天以外的远方

山岭此时反映着白云
透过一个没有阴影的早晨

河流宛如凝滞
虽然那是同一条河流

琥珀的形成

九月的鸟群排列成阵
鸣叫着南飞
甚至最小的鸟也
第一次就懂得
怎样一路整齐合一地飞翔

黎明时裂开的无花果
储满露水
鸟儿发现它
犹如记忆重拾

于是整整一个下午
葡萄藤低垂门廊
一颗颗葡萄
入舌温润
透明无声
充溢黄昏之光

九月的孩子

九月浅灰和玫红的光触及山脉,在山谷上方
穿透沉寂向上渗入黎明
无始无由,白云仍然裹着河水
孤山上停泊着团团巨塔,山穿越其间
之后是琥珀的早晨,展开的集市
明亮的日子里再次聚集的老商贩的笑容
抱着蜂蜜罐的苍老的手,沧桑脸上的阳光
熟知夏冬但不为两季困缚
在野草莓面包的清香中
第一茬绿无花果成熟的早晨
光转暖,孤鸟带来迟到的希望
在残存的叶中发现它们从未见过的时刻
就像我从许多次生命后醒来
看到我出生前的一个早晨

记起翅膀

那些鸽子都去了哪里
它们原在谷仓屋顶
暗红色瓦片斜坡上露出羽冠
那些黑色的蒙丹鸽宽如驳船
翅膀似雉鸡的科肖兹鸽
羽毛绚丽又健壮的布夫勒伊鸽
永远争斗的卡尔诺鸽
优雅可亲的
蒙托邦鸽
两只身长慵懒、天真随和
的"波尔蒂"和"午夜"
为晴天而生的皇太子鸽
爱德华说狐狸会抓住它们
凡尔登尚在它脑海中
在远处注视深草
它会像阴影一样腾起

那些幼鸽去了哪儿

它们曾与他一起上学

就在谷仓外的房子

甚至就在那时战争已然潜伏

在夏季的田野外等待

还有爱德华去了哪儿呢

我举目眺望，房顶荒芜

阴影之手

杜邦那个屋顶工，声音平静
双手熟练轻柔地修理岁月磨蚀的屋瓦
将其翻新一代或者
半身从屋顶探出
像波浪中的海洋精灵
将成形的瓦堆成雨中
游泳的鱼鳞
他以倾听抚平
争吵，被请去
接合断骨
或者杀猪
因为他一贯的行事风度
那么多年后直到昨天
我才知道他
年仅六十时就突然目盲
在我远离后不久

就死去,我永远不会知道
似乎这一切刚刚发生,就在不久前
我们还站在路上谈论
黑暗空房里
筑巢于烟囱中的猫头鹰

路　障

荒地上的石塔

孤独地矗立五百年后

夜来临时长回夜色

塔脚下石墙环绕

干涸的池塘堆高的打谷场

古老枯空的金合欢树

牧草边的核桃树

自黑暗返回黑暗

隐形的绵羊穿过

枯草在远处

柔软的旋音

之后猫头鹰那白色的贵妇

紧贴转暗的田地

对着等待她

只有她能看见的田鼠

尖叫

她冲上塔的石顶

"咪咪"地叫唤自己的时刻之后

也许是寂静，直到

远方回声响起

那回声来自大地和地下

一辆夜行火车

铁的音符驶近

穿过捷径

再转一个长弯奔下山谷

瞬时穿过黑地尽头的一个空缺

一排黄色的玻璃窗掠过

像日历上的日子

它们反射的长长光线

瞬间跨过赤裸的土地

永不消失

进入十月

这些一定就是回归的颜色
树叶此时转暗,但延存
进入铜色的早晨,沿着
种子和干燥的根茎以及十月的阴影
秘密的季节自行呈现
无言的认识
那么多年前,我曾站在它的光中
在一条溪涧两岸干涸的土地上
一切被光笼罩,除了一簇缠绕的犬蔷薇
我摘取那个夏季最鲜艳的草莓

熄灯时分

垂暮哀怨的秋季呼唤它的夏季
山谷跨越山脉呼唤别的山谷
每颗星独自呼啸着驶入黑暗
整个夜晚悄无声息

骤　雨

远在破晓之前
鸟儿未醒
大雨滂沱而下
如同大风刮过
山林
雨在我们四周
一时齐发
雨之外空旷无物
它倾盆而下，充耳不闻
旁若无人
无视自身何去
何从
宛如我们生命中
无法追忆的
某一时刻
巨大的欢欣
在熄灯时分沿岸奔涌

装饰音

终于这是一个早晨

不用回答任何一个名字

天亮前我醒来

再次听到永不重复

的同一音乐

或者说它开始演奏

渐入自身

在寂静中如波浪涌动

它按自己的调合唱

我似乎以前听过,我正在

倾听,然而此刻

我听见它时,它已消逝

就像在一个早晨

在阳光中生机勃勃

在一年之终

一缕羽毛的呼吸,一只鸟

飞进打开的窗户
转瞬消失,留下我
相信那未曾看见的

一条山谷

我曾经以为我能找到
它的起始之处
但那从未实现
虽然我继续寻找
一而再三
抄捷径回到过去
空旷的池塘和干涸的瀑布
那儿我的狗蹿上石头
像一团飘动的火焰

似乎源头
不会太远
当我走进树林
跨过岩石走向山岭
直到我到达开阔地
没有看到

那条咆哮激流

曾经奔腾的踪迹

深深刻入远方

穿过石头的高墙

在我此刻听到的寂静中

日日夜夜奔向大海

山上古树

这些树活着
之前我们就知道
有一个古老的果园
在房子后面远远的山顶上
青苔覆盖的暗色的苹果树
深深站在荆棘丛中还有野葡萄
树枝间呼吸的蜘蛛网
弥留于寂静的记忆
春天的土地弥漫着别的季节的芬芳
乌鸦在枝头开会，继而飞翔
山雀置身家园的絮语
那时还有戴菊鸟和蓝鸟
追寻树皮皱褶处的五子雀
鹟鹟啼鸣像一颗黑色的流星
那是当时的人都熟知的一切
谁种了那些树

他时而在铁铲上伸直身体

越过弯曲闪光的山谷眺望远处的灰色山脊

无论是谁,他都在一个树叶飘落

晨霜安睡山谷的秋季

被埋在离这儿很远的地方

那些认识他和他家的人

全被遗忘,你告诉我

你说你从没上那儿去

虽然那是

你爱眺望日光变幻的地方

我们仰望,注视那里的日光

唯一的秋天

今年我父母去世
一个逝于夏季一个秋季
相隔三个月零三天
我搬进他们曾安度晚年
的那所房子
那房子从不曾属于他们
但因此仍然还是他们的
暂且如此

每个房间寂静无声
却充满回声
那回声是我们
无法倾诉的一切
我记不起的一切

收集的玩偶

放在一个陶瓷橱柜里
叠放在架上的盘子
落叶花纹桌上的绣花桌布
忍冬花干枯的枝条
都在走廊的镜子中
酝酿等待

房子的玻璃门
仍然关闭
日子转冷
在门外的高大的山胡桃树上
秋天自行开始
熠熠生辉

我可以为所欲为

幽光中的湖岸

我想问一个问题
可是无从想起
我一直努力要想起
我知道那是同一个问题
从来如此
事实上我几乎知道
关于它的一切
那让我想起它的一切
领我到湖岸
在黎明或黄昏
或者走向任何
临近那问题的地方
就像一个形体站在它的阴影旁边
可是问题不是阴影
如果我知道谁
发现了零,或许我会问
零以前是什么

关于瞬间的信条

我信仰普通的一天
此时此地,就是我

我看不见它的途径
我从未看到它如何到达我

它超出一切
我所能感知的知识和真实

它带走此时
离我而去后不知它去向何处

除今天这个地点外我一无所知
只知道环绕我的未知重重

仿佛今天是唯一留下的存在

是属于我的一切,它甚至

赋予我对于今天的信仰方式
只要它在此时此地,是我

雨 光

星星整天从久远的年代凝望
妈妈说我现在该走了
一个人的时候你也会平平安安
不管你知道不知道你都会知道
看那晨雨中的老房子
所有的花都是水的形体
太阳透过白云提醒它们
触摸山上的草坪
那来世水洗的颜色
它们远在你出生前就存在
看它们怎样醒来,什么问题也不问
虽然整个世界都在燃烧

仅仅如此

当我想起我曾有过的忍耐
在黑暗中,在我记起
或明白那是夜晚以前,直到光
蓦然间以天然的速度
飞过世界的所有时间
无视能否到达
之后是第一批星的聚集
在它们开花的空间,从容不迫地
直入故事深处,行星
缓缓冷却,雨的年纪
然后海开始保存记忆
第一个细胞醒来时的注视
倏忽之间如何开始得这般仓促
随时由闪电照亮的阅读
几乎无言,这片虚无,这个天堂

欢笑的画眉

哦早晨无言的喜悦

自夜晚一个音符一个音符地翻动上涌
来自黑暗山谷的沉寂
来自那缺席的一切

无问无边的歌唱
是的就在这里,曾几何时
此前此后
所有的记忆苏醒涌入其中

在睡眠的边缘回旋
失落的面容
持恒而清晰
刚刚转入沉默的话语
在未来的词汇中浮现

如果有一个未来

这里是它们在第一线曙光中齐唱的地方
不管是否有人倾听

亡灵：迟到的访问

我一定是在大学时代读到这首简短、神秘的诗。它的作者被认为是哈德良皇帝（76—138），据我所知没有学者质疑这点。但是令我吃惊的是一首如此技术娴熟、完美无缺、在脑中萦绕不去的作品竟然是他唯一写过的作品。也许他一生写诗，但这是唯一一首保存下来的，也可能这首是唯一让人难忘的。

当然，不管我是何时第一次读到它，我永远不会忘记它，而且我研究了每一个我能找到的英文译本。我最喜欢的译本是达德利·费兹（Dudley Fitts）的翻译。但是我愿意回到的还是拉丁语原作，任何读者，若能够，也会如此。

我离开大学十年左右读到了玛格丽特·尤瑟纳尔的小说《哈德良回忆录》，它为这首诗还原了一个生动的语境，可是我一直记得的仍然是原诗，仍然漠视产生它的情境。我不确定这首诗是谁的魂灵在倾诉，就我所知也没人能确定，虽说自然有一些深入人心的假说。

虽然自学生时代起我就试图翻译诗歌（充分意识到翻译的局限及彻底的无能为力），我从没想到要引进这首孤寂的小诗。但在过去的岁月中，当诗歌在一些情境莅临我时，我突然想起这首诗，我意识到我想要听到这些拉丁语句以英文呈现——如果它们能存在于英语——语句的翻译，当它们在脑中成形，似乎就该如此直译。

译后记

在美国桂冠诗人 W. S. 默温第二次获普利策奖的作品《天狼星的阴影》开篇之诗《漂泊的笛声》中，诗人写道："但我此刻已经懂得 / 不再会问你 / 你从哪儿学会这乐曲 / 它来自何处 / 古老的中国曾有雄狮。"与庞德、斯奈德、勃莱和斯蒂文斯一起，默温成为又一位受中国诗歌哲学影响的重要美国诗人。他曾翻译过一部东方诗集，叫《东方的窗口》，他淡到极致的时间感伤、超乎言语的缄默表达以及从视觉到感觉到记忆幻觉转化的自然画面感可与晚期的王维媲美。在他的《给苏东坡的一封信》中，他对于时间的流动消逝和瞬间永恒的双重感受无疑是那个一千年前的中国诗人在西方的回响。

看过汉学家费洛诺沙的著述《汉字作为诗歌语言》后，庞德评道："他不但发现了一种语言，他发现了所有美学的基本要素。"中文会意字的两个组成象形字叠加碰撞产生全新意象效果的构字法，不但激发了埃森斯坦的电影蒙太奇，也激发了庞德的意象诗创作原则：去除浪漫主义诗歌冗长的抒情和评诉，以不加解说的意象并列和撞击产生超乎言语的心理和美学效果。作为美国现代诗歌之父，庞德影响了一大批意象派诗人，开启了美国现代诗风，艾略特在《荒原》、《四个四重奏》中不加解释地引用并置多种文化和多种时代的诗歌的方法，就可以说是庞德的意象并置手法在文化领域的运用和拓展。中国诗歌对自然的尊崇、对人类中心化的抵制启发了斯奈德诗歌中人与动物的综合体感觉模式，激发了他纯净而神秘的禅宗诗歌。斯蒂文斯深爱东方自然绘画，从师深受东方哲学影响的桑塔亚那，他的诗歌可称为四季意识，冬的寂灭冥想与夏的想象放纵成为诗歌想象的两极，而他冬天诗歌神秘莫测、陌生符号般的绝美语言，以及跟凋敝的自然虚空合一的意境，可以说与禅宗境界不谋而合。

在勃莱诗歌中，道家哲学的影响也产生了他诗歌中寂静被动的感知方式和虚空的本体，以及将西方哲学中固休、孤立的形体世界化为道家流动能量的意象特点。这种流动能量颠覆对立，包括生死的对立，使其成为相互转化的、或宁静或爆发的地下流动能量。勃莱相信，佛教比基督教更体现了身心的和谐，佛教冥思中的呼吸方法就表现了思维沉入身体的过程。中国诗歌哲学对直觉悟性的尊崇、对思维和智性的抵制使他创造了联想超乎理性控制的"深度意象"。中国的田园诗，比如陶渊明的诗歌，使他相信意识不但存在于人类大脑，也存在整个自然界。在勃莱的诗歌中，人思维的简化和抽象与自然强化的意识息息相通，产生了"第三体"的诗歌感觉主体。凋敝的冬日、寂静的雪地，使人产生一种自我陌生化、虚空以待的人类意识，而自然界看似无生命之物却萦绕着一层冥思默想的感性氛围，两种意识相遇相融成为诗歌感觉的第三体。勃莱的这种创作风格值得一提，因为默温在他自己常常是纯景物的诗歌中也同样运用了这种感觉主体。

　　上述提了这么多受中国诗歌哲学影响的诗人，因为他们为默温的诗歌风格提供了一个互文背景。翻译默温诗歌时，我意识到他用字极简，句式却绵延缠绕，一句话常常横跨多排诗行，像普鲁斯特的句子，穿越所有时间的记忆空间，在他东方式的、往往看似纯自然界的描写中，他也能像普鲁斯特那样，西方式地实现从视觉到感觉到记忆幻觉的多层意识空间的拓展。从诗歌的标题"天狼星的阴影"，我们可以洞悉，诗歌的主题是星辰代表的时间和永恒在人类记忆意识的屏幕上投下的捉摸不定的阴影。默温充分运用了英文的简洁抽象性，在英文中往往最简单的词，有时甚至一个小小的介词，都具有最大的抽象性和多义性，而中文是极其具象的语言，无论是象形、会意字与自然界具体物象的联系，还是古诗语法省略、意象缺乏明显逻辑链接而并置的作风。在不能像英文那样抽象多义地运用简字的地方，我力求翻译简洁凝练。此外，中文句法不可能像英文那样无限度地叠加从句，所以有些太长的句子不得不截断，影响了英文诗句的连续延伸所创造的感觉主体绵绵若存、持游于记忆空间的效果，这些都是诗歌翻译不可避免的损失，但是我相信翻译中把握了默温的主要情绪和意境。默温七八十岁时创作的这本诗集，冠其一生成就，有"蓦然回首，那人却在灯火阑珊处"的至淡至简，然而如严羽在《沧浪诗话》中所评，"玲珑剔透"却"羚羊挂角，无迹可寻"。诗歌的最高境界无疑是看似简淡透明，却意蕴无穷，不可窥测。这本诗集的高超之处，在于把垂暮之年、生死交接之处缄默而复杂的回忆情绪转化为各种纯粹的光影效果的能力。比如在《雨光》那首诗中，深深隐藏的与母亲永别的主题是通过隔泪凝望的雨光来暗示的："所有的花都是水的形体"，"太阳透过白云提醒它们"，"那来世水洗的颜色","它们远在你出生前就存在","看它们怎样醒来/什么问题也不问/虽然整个世界都在燃烧"。在《给露丝·斯通的一封信》中,诗人露丝从丧亲之痛中解脱出来的时刻也是以光影呈现的,"既然你已经看到/黑暗的另一边/隐而不现的一边/你就可以分辨/它在上升/清晨的第一个存在";"在你的词语中/另一种光在加强/从阴影中溢出/你可以听见"。在《阴影之眼》中,死亡本身是衣衫破烂的乞丐,是在黑色门槛外等待的阴影,"在适合的时候/他从破烂衣衫中站起/宣布对那围绕他消失的/未来他执有的/主权/天空以完整的预言/转动",即便他"拉长的黑色影像掠过"一切,在生者的耐心等待中,他仍不能抹杀记忆的拯救,"我触摸到白天/我品尝到光/我记得"。在《摄影师》中,摄影师是默温自身回忆艺术的象征,在他的相片中,"他们一张张脸仰望/朝向无人见过的光线中/曲径通幽的鹅卵石小径/苹果花在另一个世纪开放"。在《倚靠黑暗》中,对死亡直觉的熟悉和从容无畏表现为跟着那条多年陪伴的目盲的黑狗爬上盲目的楼梯。家庭的诸多死亡事件成为《天黑后的蓝莓》,黑暗然而甜美。在《仅仅如此》中,生存的忍受、造物的漫长年代、诗歌创作的灵感来源也是以黑夜、星星开花的空间和闪电来描摹的:"当我想起我曾有过的忍耐／在黑暗中，在我记起／或明白那是夜晚以前，直到光／蓦然间以天然的速度／飞过世界的所有时间／无视能否到达／之后是第一批星的聚集／在它们开花的空间，从容不迫地／直入故事深处，行星／缓缓冷却，雨的年纪／然后海开始保存记忆／第一个细胞醒来时的注视／倏忽之间如何开始得这般仓促／随时由闪电照亮的阅读／几乎无言，这片虚无，这个天堂"。

中国诗歌中情景交融的自然、含蓄无言的表达、禅宗对名字、确定性的闪避都在默温诗歌中留下了印记。仅仅从一些诗歌题目就可以看到这种印记如："未知"（Without Knowing）和"无名的一天"（Day Without a Name）。记忆本身抽象模糊化的过程也决定了默温简洁然而模糊不确定、在意识中不断修改揣摩过去印象的诗歌语言，以及与禅宗谜语般拒绝命名和确指表达的契合，还有透过语言直指本体的努力和断续成果。禅宗有一句话，你的手指可以指向月亮，可那手指并不是月亮。他诗歌中的感觉主体往往也接近勃莱的"第三体"：诗人暮年模糊化的记忆意识与自然所储存萦绕的人类记忆相通相融，既古老又年轻，如《麻鹬》（那种鸟是诗人和自然的第三体）："月亮飞走时我独自飞翔／飞入我从未到达的这个夜晚／／在

黑暗的蛋壳的前后 / 在夜的高度我比所到所见的 // 一切更古老更年轻 / 我原封不动地携带它们穿过寒冷"。诗人的生命与自然相通时就失去唯一的自我，获得多重影像，象苏东坡的河水般流动变幻，同时瞬间永恒。默温所忆起的不仅仅是一生，而如同佛教轮回一般："就像我在许多次生命后醒来 / 看到我出生前的一个早晨"（《九月的孩子》），因此那记忆也成为今生前世的记忆，所有生命的总和与回响，更为模糊也更为持久，而记起之时无异于宗教意义上的生命觉醒。

生与死、消逝与永恒、伤痛与欢乐，在默温笔下都化为光影的运作，成为"天狼星的阴影"。当死亡如天狼般吞噬生命、伸张他未来的主权时，默温诗歌的回答是："我触摸到白天 / 我品尝到光 / 我记得"。